Masahiro Kasuya

David singt

Deutscher Text
von
Peter Bloch

Friedrich Wittig Verlag Hamburg

Es war an einem frühen Morgen.
Alle Schafe schlafen noch.
Aber im Schlaf hören sie, wie jemand wunderschön singt.
Die Schafe kennen diese Stimme.

David ist es, der da singt.
David, der Hirtenjunge.

Von seinem Singen sind die Schafe wach geworden.
Mäh rufen sie und wollen mit einstimmen in Davids Gesang.

Aber so schön wie David können sie nicht singen.
Sie legen sich zu ihm ins Gras und hören zu,
wie David singt und dazu auf seiner Harfe spielt.

Ihr schweren Steine,
singt er, *auch ihr seid da,*
um Gott zu loben.

Ihr großen Bäume mit den Vögeln,
auch ihr lobt unseren Gott.

Ihr schönen Blumen, singt der kleine David,
auch euch hat Gott zu seinem Lob gemacht.

Immer neue Lieder denkt David sich aus.
Wenn er mit der Hand an seiner Harfe zupft,
soll jeder Ton eine Freude sein für Gott.

Seine Lieder klingen bis hoch in den Himmel hinauf.
Auch die weißen Wolken sollen Gott loben.
Denn auch sie hat Gottes Hand gemacht.

Und der Mond in der Nacht
mit all den vielen, vielen Sternen.

Und auch die Sonne,
die den hellen Tag uns bringt.

Wie schön hat Gott die ganze Welt gemacht,
singt der kleine David,
die Wiesen und Wälder, Berge und Täler,
den Himmel und die Erde,
meine Schafe und auch mich.

Später wurde aus David ein berühmter König.
Aber auch als König spielte er immer noch auf seiner Harfe
und lobte Gott wie damals,
als er noch ein kleiner Hirtenjunge war.